A todas las abueles y abuelos que, con sus historias,
hacen crecer mejores personas.

A Fidela, Quinai, Felipa, Pedro, Isabel, Paco, Teresa, Eduardo, Sara, Miguel, Soco,
Vicente, Rosita, Mariano, Ter, Lorenzo, Cuki, Manolo, Inma, Luis, Paca, Félix,
Herminia, Mercedes, Concha, Candelas, Fernando, Pilar, Pepe, Olga Antonio, Merce,
Pedro, Pilipo, Julio, Pilipi, Maruja, Ángel, Russer, Benjamin, Isbi, Monzo, Maira, Dioni,
Azu, Chema, Vicky, Gerardo, Chusa, José Miguel, A'mu, Ángel, M.ª Carmen y Tony.

Emilio Urberuaga

Gilda, la oveja gigante fue publicado hace 25 años en Alemania,
en Holanda y en Italia.

Su autor, el Premio Nacional de Ilustración Emilio Urberuaga,
ha revisitado la historia manteniéndose fiel al original.

En su 25 aniversario, *Gilda, la oveja gigante* se publica por
primera vez en español.

Gilda, la oveja gigante
Colección Somos8

© del texto e ilustraciones: Emilio Urberuaga, 1993/2018
© de la edición: NubeOcho, 2018
www.nubeocho.com - info@nubeocho.com

Corrección: M.ª del Camino Fuertes Redondo
Revisión: Laura Lecuona

Primera edición en esta colección: 2018
ISBN: 978-84-17123-23-9
Depósito Legal: M-31263-2017

Impreso en China a través de Asia Pacific Offset,
respetando las normas internacionales del trabajo.

GILDA

la oveja gigante

Emilio Urberuaga

nubeOCHO

Había una vez
una oveja gigante llamada
Gilda.

Los veinte pastores que vivían con ella
se encargaban de esquilarla para vender su lana
y de ordeñarla para hacer quesos y vender su leche.

Todas estas tareas eran agotadoras y una noche se
reunieron para encontrar una solución: no querían
trabajar nunca más.

Uno de los pastores tuvo una idea:

—¿Y si cortamos a Gilda y vendemos la carne
en el mercado? Es tan grande que nos pagarían
mucho dinero.

Todos estuvieron de acuerdo.

La pobre Gilda, gracias a sus orejas de oveja gigante,
¡escuchó todo lo que decían los pastores!

La puerta se abrió de repente y Gilda vio salir
a los pastores con un cuchillo en la mano.
Aterrorizada, se levantó de golpe y comenzó
a correr montaña abajo.

"¡Qué malos son los pastores!", pensaba la oveja mientras corría. "Nunca doy patadas cuando me ordeñan, me dejo esquilar sin decir ni *bee*. Incluso cuando me hacen daño con las tijeras".

"¡Y ahora quieren hacer asado de oveja conmigo!
¿Pero no puede una envejecer tranquila?".

Mientras Gilda reflexionaba llegó a un lugar lleno de
grandes edificios. Era la primera hora del día y todo
estaba lleno de gente.

Gilda se asustó tanto con todos aquellos coches
y con toda aquella gente, que se subió a lo más
alto de un edificio. Allí arriba parecía una gran
nube de lana.

Mientras miraba a su alrededor buscando un prado,
sus ojos se detuvieron en una gran tela de colores.
¿Tal vez allí podría descansar?

A medida que se acercaba, empezó a
ver animales. Unos pequeños, otros
más grandes, algunos encerrados en
jaulas y todos muy tristes.

—Buenos días —dijo Gilda educadamente.

—¿En qué puedo ayudarte? —preguntó el director del circo con frialdad.

—Busco un lugar donde quedarme.

—¿Y qué sabes hacer? ¿Sabes bailar? ¿Saltar en el trapecio?

—No, no… Yo solamente doy leche y lana.

—Eso no sirve para nada en un circo, así que no me hagas perder el tiempo.

Gilda se alejó con tristeza.
"No sirvo para nada", pensó. "Nadie me quiere".

Siguió caminando ensimismada cuando escuchó
un grito de auxilio…

Gilda le tenía mucho miedo al agua,
pero sin dudarlo, saltó para salvar a la
pequeña oveja.

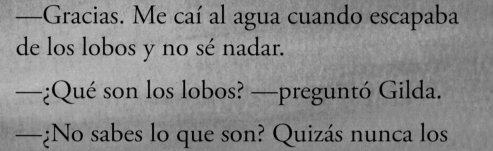

—Gracias. Me caí al agua cuando escapaba
de los lobos y no sé nadar.

—¿Qué son los lobos? —preguntó Gilda.

—¿No sabes lo que son? Quizás nunca los
has visto porque eres tan grande que te
tienen miedo… ¿Sabes?, sería fantástico que
vinieras conmigo y nos defendieses de ellos.

Y juntas, subieron a la montaña donde vivía
la ovejita.

Cuando los lobos vieron aquella oveja
gigante, ¡huyeron aterrorizados!

Gilda se quedó a vivir con sus nuevas amigas.

—Nunca he visto una cosa tan grande, tan blanca y tan bella —suspiró.

—Yo sí —respondió su pequeña amiga.

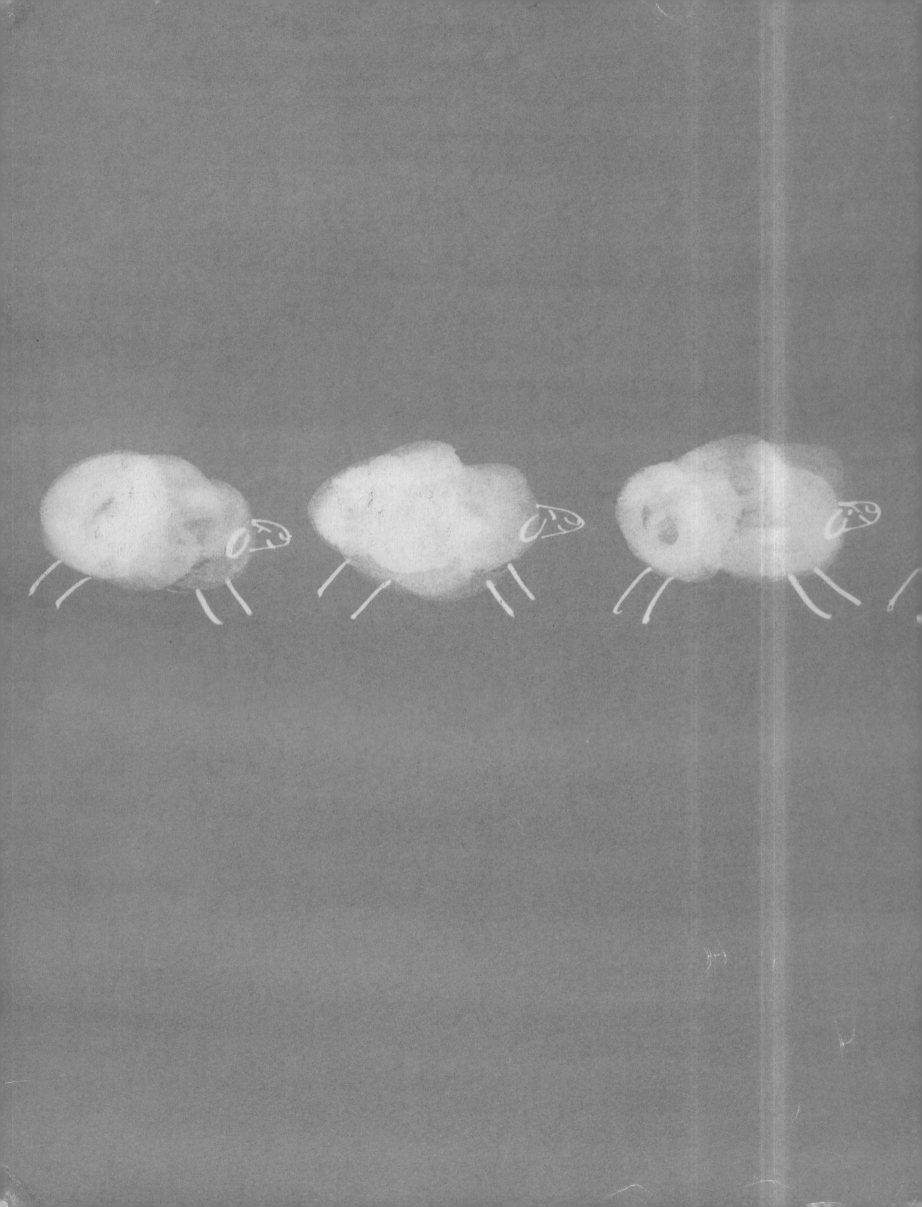